U0021717

文 · 圖	一口
責 任 編 輯	倪瑞廷
美 術 編 輯	蘇怡方
董 事 長	趙政岷
第五編輯部總監	梁芳春
出 版 者	時報文化出版企業股份有限公司
	108019 台北市和平西路三段 240 號七樓
發 行 專 線	(02) 2306-6842
讀 者 服 務 專 線	0800-231-705、(02) 2304-7103
讀 者 服 務 傳 真	(02) 2304-6858
郵 撥	1934-4724 時報文化出版公司
信 箱	10899 臺北華江橋郵局第 99 信箱
統 一 編 號	0140 5937

copyright © 2023 by China Times Publishing Company

時 報 悅 讀 網	www.readingtimes.com.tw
法 律 顧 問	理律法律事務所　陳長文律師、李念祖律師

Printed in Taiwan

初 版 一 刷　2023 年 02 月 10 日

版權所有　翻印必究（若有破損，請寄回更換）

採環保大豆油墨印製

作者的話

宗教詐騙事件對台灣人來說一定不陌生，電視新聞時常在報導，但為什麼仍會有人受騙呢？

騙人的壞人雖然很可惡，但上當的人可能也是被想要不勞而獲的慾望所蒙蔽心智，才會被有心人利用。我希望透過有趣的故事告訴小讀者，有些看似美妙的事物很可能是包著糖衣的陷阱，一不小心就得付出慘痛的代價。不管是我們或是孩子，都應該學習在面對誘惑時，冷靜的思考，多尋求他人的幫助，以降低受騙的機率。

陪讀者也可連結正在發生的詐騙新聞事件，讓虛幻故事與社會事件結合，強化孩子們獨立思考的能力與面對誘惑的免疫力。

旺來神

文·圖／一口

一天早上，一顆旺來從貨車上掉下來，
咚！咚！咚！滾進剛剛蓋好的小廟裡。

叮ㄉㄧㄥ鈴ㄌㄧㄥ鈴ㄌㄧㄥ～ 叮ㄉㄧㄥ鈴ㄌㄧㄥ鈴ㄌㄧㄥ～
一ㄧ群ㄑㄩㄣ老ㄌㄠ鼠ㄕㄨ搖ㄧㄠ搖ㄧㄠ晃ㄏㄨㄤ晃ㄏㄨㄤ抬ㄊㄞ著ㄓㄜ轎ㄐㄧㄠ子ㄗ過ㄍㄨㄛ來ㄌㄞ，
「恭ㄍㄨㄥ請ㄑㄧㄥ老ㄌㄠ鼠ㄕㄨ神ㄕㄣ來ㄌㄞ到ㄉㄠ！」
正ㄓㄥ當ㄉㄤ老ㄌㄠ鼠ㄕㄨ們ㄇㄣ要ㄧㄠ把ㄅㄚ神ㄕㄣ像ㄒㄧㄤ放ㄈㄤ進ㄐㄧㄣ小ㄒㄧㄠ廟ㄇㄧㄠ裡ㄌㄧ時ㄕ，
「咦ㄧ？ 廟ㄇㄧㄠ裡ㄌㄧ怎ㄗㄣ麼ㄇㄜ有ㄧㄡ顆ㄎㄜ旺ㄨㄤ來ㄌㄞ？」

戴高帽的老鼠轉了轉眼睛，大聲宣布：
「啊！這是老鼠神派來的新神明，叫做旺來神！
祂告訴我，只要給祂一顆花生，旺來神就能實現
你的願望！」

隔天一早，小廟前就來了苦惱的動物。

一隻猴子問：「我希望考一百分，旺來神可以幫我嗎？」
戴高帽的老鼠揮揮手說：「先給旺來神一顆花生。」
猴子立刻交出花生。
「旺來神說你上課不懂問老師，
下課回家勤複習，努力就會考第一！」

一隻大肚子的兔子問：
「我希望順利生寶寶！」
「旺來神說你要吃得健康，
多走幾趟，偶爾躺躺。」

一隻流鼻涕的長頸鹿問：
「哈啾！我希望不要再感冒了！」
「旺來神說你要運動勤快，
多吃蔬菜！」

一-隻ㄓ 滿ㄇㄢˇ頭ㄊㄡˊ大ㄉㄚˋ汗ㄏㄢˋ的ㄉㄜ˙鱷ㄜˋ魚ㄩˊ問ㄨㄣˋ：
「 我ㄨㄛˇ希ㄒㄧ望ㄨㄤˋ能ㄋㄥˊ下ㄒㄧㄚˋ雨ㄩˇ讓ㄖㄤˋ蔬ㄕㄨ菜ㄘㄞˋ長ㄓㄤˇ得ㄉㄜ˙好ㄏㄠˇ！ 」
「 旺ㄨㄤˋ來ㄌㄞˊ神ㄕㄣˊ說ㄕㄨㄛ可ㄎㄜˇ以ㄧˇ！ 可ㄎㄜˇ以ㄧˇ！ 六ㄌㄧㄡˋ月ㄩㄝˋ特ㄊㄜˋ別ㄅㄧㄝˊ幫ㄅㄤ你ㄋㄧˇ來ㄌㄞˊ下ㄒㄧㄚˋ雨ㄩˇ！ 」

過了一段時間，動物們又來到小廟前。

猴子說：「旺來神好靈！我考了一百分！」

兔子說：「旺來神好棒！我順利生下一對健康的雙胞胎！」

長頸鹿說：「旺來神好妙！我每天運動身體強壯！」

鱷魚說：「旺來神好神！六月下大雨讓我大豐收！」

有一天，一隻肚子餓得咕嚕
咕嚕叫的大熊經過小廟，
「嗯～ 好香的味道啊！」

成熟的旺來散發出又香又甜的味道， 大熊左看右看，
只看到月亮，
於是抱走了旺來。

「糟糕！旺來神不見了！」
隔天，動物們看著空空的小廟嚇成一團。
戴高帽的老鼠高喊：「旺來神生氣了！一定是廟太小住的不舒服，回天上去了！」

為了讓旺來神住得更舒服，
動物們決定分工合作蓋一座大廟，
還要有更大的旺來神像。
老鼠們則忙著偷偷在旺來神像的背面挖洞。

經過大家的努力，
又大又漂亮的旺來廟蓋好了，
來向旺來神許願的動物變得更多了。

旺來平安符

有一天， 來了四隻動物。
「 多少花生都可以！ 我要旺來神
給我像長頸鹿一樣的長脖子！ 」

「 多少花生都可以！ 我要旺來
神給我像老鷹一樣寬大的翅膀！ 」

「 50 顆花生， 還要在旺來神面
前做脖子伸長運動兩天兩夜！ 」

「 60 顆花生， 還要在旺來神面前
做伏地挺身和舉啞鈴兩天兩夜！ 」

「多少花生都可以！我要旺來神給我像花豹一樣美麗的手臂和長腿！」

「多少花生都可以！我要旺來神給我像青蛙一樣光滑的皮膚！」

「85顆花生，還要在旺來神面前跳舞兩天兩夜！」

「100顆花生！還要在旺來神面前用力刷你的皮膚兩天兩夜！」

越來越多動物聚集到廟前，　看驢子一上一下甩脖子、　貓咪墊腳尖旋轉跳舞、　鴿子氣喘吁吁的健身，　蜥蜴努力刷鱗片。

到了晚上攤販也來了，這裡變成大家都愛來的「旺來廟夜市」。

誰也沒有注意到，
在旺來神像裡有滿滿的花生，
還有狂歡的老鼠們。

兩天兩夜過去了， 四隻動物以為睡醒就能願望成真， 但是他們只得到一堆繃帶和石膏。
「 為什麼旺來神沒有實現我的願望！ 」
正當他們大呼小叫的想找老鼠理論的時候，
突然有個聲音從後面傳來：
「 請問這裡是不是賣旺來的地方？ 」

原來是一隻大熊，大熊說：
「有天晚上我肚子好餓好餓，聞到小廟裡
有一顆旺來好香好香，忍不住把旺來吃掉
了！你們是排隊要吃旺來嗎？」

「什麼！小廟裡的旺來是被你吃掉的！」
「可是老鼠們說是廟太小，
旺來神生氣回天上去了！」
「我們一起去找老鼠問清楚！」

動物們氣沖沖的跑進廟裡，
發現廟裡只剩下歪倒的神像和滿地的
花生殼， 一隻老鼠也找不到，
他們這才驚覺被騙了。

同一個時間，
在隔壁隔壁隔壁的某個國家的某個小鎮裡，
一個香蕉皮被隨手一丟，
咻～ 啪！ 掉進一座剛剛蓋好的小廟裡⋯⋯。